Y

©

Ye

20775

DIALOGUE

ENTRE

M. LE COMTE DE S. B...:

ET M. DUMONT,

Députés de l'Assemblée de Bourges.

1789.

DIALOGUE

ENTRE

M. LE COMTE DE S. B...

ET M. DUMONT,

Députés de l'Assemblée de Bourges:

LE COMTE.

DE Bourges, m'a-t-on dit, par le Tiers
    Député,
Vous allez à la Cour fonder sa liberté,
Et de notre bon Roi, limiter la puissance:
Si vous ne préférez, Monsieur, la diligence,
Je vous offre une place. Il me sera fort doux
De voyager, penser & m'instruire avec vous.
Les Nobles m'ont élu. De cet ordre suprême,
Qui, seul par son éclat orne le Diadême;

A 2

Je vole pour défendre & les droits & les biens.
Vos intérêts sont-ils si différens des miens,
Qu'il faille nous en taire, ou nous brouiller en
route ?
Comment, sans union, parer la banque-
route ?
De l'Etat en péril, le sort doit nous toucher ;
Les besoins mutuels doivent nous rapprocher.
Montez, Monsieur ; venez.

M. D U M O N T.

J'obéi savec crainte ;
Je pense en homme libre, & parle sans con-
trainte,
Et je sens qu'à la Cour.......

L E C O M T E.

C'est tout ce que je veux ;
Une liberté sage est l'objet de mes vœux:
La France, dans son sein, ne souffre pas d'es-
claves,
Et la Philosophie a brisé nos entraves.

M. D U M O N T.

Que ce langage est doux au cœur d'un Ci-
toyen,
Qui craint le despotisme, & ne veut que le
bien ;

Qui voudroit réunir des ordres néceſſaires,
Former, ſous un ſeul Chef, un ſeul Peuple de
    frères,
Lier leurs intérêts, déterminer leurs droits,
Et ſoumettre le Prince & les Sujets aux Loix !
Mais comment déſarmer le préjugé barbare,
L'intérêt qui nous meût, l'orgueil qui nous
    ſépare ?

LE COMTE.

Nous n'y parviendrons pas ; le flambeau qui
    nous luit,
Loin du but qu'il nous montre, à grands pas
    nous conduit.
Des Anglais, vainement, nous prenons le
    génie :
Nous les imitons bien, mais c'eſt dans leur
    folie.
La licence, à nos yeux, ſe change en liberté ;
Nous courons ſur ſes pas avec légèreté.

M. DUMONT.

Je vois, avec douleur, que la haute Nobleſſe
Eſt loin de partager le deſir qui me preſſe.
Sous le dais qui la couvre, elle met le Clergé,
Qui la défend, la flate, & s'en croit protégé.
Près de ſon piédeſtal, ce grouppe formidable,

A 3

Entend gémir le Tiers du fardeau qui l'ac-
	cable,
Et frémit de le voir s'échappant de ses fers,
Punir ses oppresseurs des maux qu'il a souf-
	ferts,
Attenter à leurs droits, ravir leurs privilèges ;
Changer les dons d'Eglise en impôts sacri-
	lèges ;
Contraindre les Prélats à doter les Pasteurs ;
Réformer des Abbés l'opulence & les mœurs ;
Des Juges corrompus briser l'urne vénale ;
Ne laisser à Thémis qu'une balance égale ;
A la vertu modeste, au mérite surpris,
Accorder des faveurs, attacher quelque prix ;
Ne connoître de grands que les hommes
	utiles ,
Et réduire les noms à des honneurs stériles.

LE COMTE.

Mon cher Monsieur Dumont, convenez, entre
	nous ,
Que ces désirs outrés excitent le courroux.
A quel excès affreux ce Peuple ingrat s'égare,
Quand d'un commun accord , la Noblesse
	déclare
Que, laissant en oubli ses titres & ses droits,
Elle entend , des Impôts, partager tout le
	poids !

M. D u m o n t.

Sans doute qu'attendri par tant de bienfai-
    fance,
Pénétré de respect & de reconnoissance,
Le Tiers doit dire aux Grands : Hommes trop
    généreux,
Sur moi seul doit peser ce fardeau rigou-
    reux;
De l'Etat , entre vous , partagez les ri-
    chesses,
Du Prince, les faveurs , les graces, les lar-
    gesses :
Voilà tous vos devoirs : les tributs font les
    miens ;
Pour payer des Impôts , êtes-vous Citoyens ?
Seul , je suis débiteur du Roi , de la Patrie ,
Et vous , leurs créanciers.

L e C o m t e.

               Laissons-là l'ironie ;
L'audace de prétendre à tant d'égalité,
N'est donc pas une atteinte à notre sûreté ?
N'est-ce pas renverser l'auguste Hiérarchie,
Dont les Ordres divers forment la Monarchie ?
Confondre tous les rangs, faire le Peuple Roi ?

M. DUMONT

C'est reprendre un peu tard le bien qui fut à
    foi ;
C'est d'un Château gothique , & que le tems
    ruine ,
Faire un Palais commode où le bon goût do-
    mine.

LE COMTE.

Mais qui , sans fondemens , sur le sable élevé ,
Peut nous écraser tous avant d'être achevé.
Tremblez !

M. DUMONT.

  Non, Monsieur, non. L'Histoire me rassure ;
J'y vois de l'avenir la fidèle peinture.
Le despotisme seul peut me faire trembler ;
Ce monstre dévorant prêt à nous accabler.......

LE COMTE.

L'insolence du Peuple est cent fois plus fu-
    neste :
Quand il aura brisé les chaînes qu'il déteste ,
Il détruira les Grands, les Prêtres, & le Roi :
Quel frein pourra jamais le contenir ?

M. Dumont.

La Loi,
Celle dont vous & lui fous un Prince qu'il
aime,
Lui ferez adorer l'autorité fuprême :
Ce Peuple eft doux & jufte ; il eft vif, mais
foumis.
Les excès effrayans qu'il s'eft jadis permis,
Ne déshonorent point fon noble caractère.
Le fanatifme alors, d'une main meurtrière,
Sur la France étendoit le voile de l'erreur :
Ce monftre, en s'éloignant, a fait place à
l'honneur.

Le Comte.

Mais cependant, Monfieur, on s'arme ; le fang
coule,
Le Peuple aveuglément fuit la difcorde en
foule :
On menace les Grands & leurs propriétés.

M. Dumont.

Grands, foyez Citoyens, vous ferez refpectés :
Voyez, comme en Berry, les Chefs de la
Nobleffe,
Sont, de tous leurs vaffaux, chéris avec ten-
dreffe.

Voyez du grand Sully les enfans adorés,
Leur vie eft précieufe, & leurs biens font
  facrés ;
Mais ils n'y font connus que par leur bien-
  faifance.
Otez les annoblis, & la paix règne en France.
Combien de vils Traitans, de Valets-fous-
  Fermiers,
Qui par le déshonneur ont accru leurs deniers,
Et tranfmis dans les camps où la Magiftrature
A leurs enfans, le droit d'infulter la Roture.
Combien de Vivriers, Fourrageurs & Commis,
A prix d'argent volé, fe difent annoblis,
Briguent des Penfions, des Mîtres & des
  Croffes,
Se préfentent au Roi, montent dans fes car-
  roffes,
Revolent avec fafte en leurs Châteaux pom-
  peux,
Vexent avec orgueil leurs vaffaux malheureux,
De leurs noms nouveaux nés, étonnent les
  Gazettes,
Et retournent en poudre en s'accablant de
  dettes.
Voilà ceux dont le luxe & l'inhumanité
Font d'un Peuple fi doux, un Peuple révolté :
Voilà les vrais auteurs du péril où nous
  fommes.

En France, comptez-vous beaucoup de Gen-
tilshommes ?

LE COMTE.

Mais cet Ordre eſt nombreux.

M. DUMONT.

Eh ! bien, moi, je ſoutiens
Qu'il ne compoſe pas ſix mille Citoyens
Qui ſeroient trop heureux, s'ils pouvoient
    méconnoître
Tous ces Cadets bâtards que l'orgueil a fait
    naître,
Illégitimes fruits de la vénalité,
Vomis du ſein du Tiers qu'ils ont perſécuté.
Faut-il donc reſpecter ces Nobles ſans No-
    bleſſe ?

LE COMTE.

Il eſt vrai : malgré nous, cette inſolente eſ-
    pèce,
Uſurpe nos honneurs, nos titres, nos em-
    plois.
Le mépris qu'elle inſpire a compromis nos
    droits ;
Mais il faut bien ſouffrir ce honteux alliage :
Il eſt auſſi des Grands dont la fierté ſauvage,

Fait du Peuple indocile éclater le courroux.

M. DUMONT.

Oh ! j'en connois plus d'un que je crois, entre
    nous,

Indignes de leurs noms, ennemis de la
    France :

Ils abhorrent la preffe ; ils pleurent leur
    puiffance.

Tenez : votre voifin, fi fier, fi redouté,

Qui toujours menaçant de fon autorité,

Défole fes vaffaux, grève leurs héritages

De droits reffufcités, de champarts, de ter-
    rages,

Qui pour Meûnier bannal faifant choix d'un
    Larron,

Lui vend cher leur farine, & leur en rend le
    fon ;

Qu'un autre fcélérat cuit & décîme encore ;

Qui chaffe en nos moiffons que fon gibier
    dévore,

Et fait par cinq bandits, en Juftice écoutés,

Efcorter fes lapins dans nos bleds dévaftés ;

Et qui fur le rapport de l'un de ces fauffaires,

Voudroit qu'on envoyât fes voifins aux Ga-
    lères.

Ce noble fainéant, Monfieur, eft un fléau

A qui j'interdirois le feu, la terre & l'eau.

Cependant que d'honneurs avec tant de
    baſſeſſe !
Son fils eſt Colonel , & ſa fille eſt Ducheſſe ;
La cadette bientôt entre à Remiremont ;
Son puîné libertin décorera ſon front
D'une Mître ſuperbe , & ſe plaindra peut-être,
S'il n'a pas d'Abbaye avant qu'il ne ſoit
    Prêtre ;
Et nous, vils Roturiers, pauvres Agriculteurs,
Avocats , Artiſans , Négocians , Paſteurs ,
Il faut , ſans murmurer, vieillir dans la pouſ-
    ſière ,
A ſervir ces ingrats , uſer ſa vie entière ;
Les monſeigneuriſer , les craindre , les bénir ;
Les ſupplier ſans ceſſe , & n'en rien obtenir.
Il faudroit être un Ange, ou plutôt impaſſible,
Pour ſupporter en paix un joug auſſi terrible ;
Il faudroit renoncer à toute humanité ,
Pour ſouffrir, ſans courroux, ce voiſin déteſté.
Nous eûmes, l'an dernier , une vive querelle.

LE COMTE.

De grace, à quel ſujet ?

M. DUMONT.

                    Pour une bagatelle ,
Pour un nid de perdrix. Il vouloit m'empê-
    cher

De jouir de mes foins que je voulois faucher.

J'allois, me difoit-il, du nid chaffer la mère.

Oh ! pour le coup, Monfieur, je me mis en
    colère ;

Et, réclamant les droits de la propriété,

J'attaquai fortement fa féodalité.

Il ofa fe targuer de fa haute naiffance,

Méprifer mon état, me taxer d'infolence.

Avec un rire amer, je lui dis : Connoiffez

La fource de celui que vous aviliffez.

Je defcends d'un Gaulois, dont les nobles an-
    cêtres

Du monde fubjugué, firent trembler les
    Maîtres.

Peut-être une Romaine a porté dans fon flanc

Le Héros dont en moi je reconnois le fang.

Et vous qui me traitez comme un vil mer-
    cénaire ;

Vous, qui tout orgueilleux d'un titre imagi-
    naire,

M'écrafant à plaifir du poids de votre orgueil,

Craignez de m'honorer d'un mot ou d'un coup
    d'œil,

Vous êtes defcendant d'un Welche ou d'un
    Sicambre,

Qui de l'heureux Clovis fréquentant l'anti-
    chambre,

En obtint, pour le prix de fa férocité,

L'ufufruit féodal de ce champ dévafté.

Mais trahiffant bientôt fon Maître & fa pro-
meffe,

Sur le vol de ce fief, il fonda fa nobleffe.

De cet ufurpateur, les dignes defcendans

Du Trône de Clovis, chafsèrent fes enfans.

De vos injuftes droits, telle eft la fource im-
pure ;

Et vous avez le front d'outrager la Roture!

LE COMTE.

Il faut fe faire Hermite, & renoncer à tout,

Quand on peut écouter ce roman jufqu'au
bout ;

J'aurois mis en morceaux ma généalogie,

Et l'inventeur.

M. DUMONT.

Ce Prince a fort peu d'énergie ;

Mais s'il eût dit un mot, fait un gefte, ma foi

J'allois facrifier & le Sicambre & moi.

Par M. D. P.

www.ingramcontent.com/pod-product-compliance
Lightning Source LLC
Chambersburg PA
CBHW061423170626
46811CB00005B/2104